En marche

© 2021 Ph. Aubert de Molay/Hispaniola Littératures

Édition : BoD - Books on Demand,
12/14 rond-point des Champs-Élysées, 75008 Paris
Impression : BoD - Books on Demand, Norderstedt, Allemagne

Chargée d'édition HL : Rose Evans

Collection 1 nouvelle

Illustrations de couverture : Laurent Battistini

ISBN : 978-2-3222-5129-2
Dépôt légal : Mai 2021

En marche

nouvelle

Philippe Aubert de Molay

HISPANIOLA LITTERATURES

Collection 1 nouvelle

Les livres les meilleurs sont ceux qui disent ce que l'on sait déjà.
George Orwell, *1984*
(deuxième partie, chapitre 9)

En marche

Ce soir au bord de la rivière, je parle avec des corbeaux pour ainsi dire et on voit soudain une basket descendre lentement la rivière. Une basket rouge fluo. Comment ça se fait qu'elle ne coule pas, qu'elle flotte comme un minuscule canot de sauvetage, emporté par le courant ? C'est incompréhensible et extravagant. Ce soir-là la Loue présente cette eau de couleur grise (comme si quelqu'un – un géant – avait colorié son lit de galets blancs avec un énorme crayon de papier). Aquatique beauté maussade accordée avec le ciel de fumée de la mi-octobre. Il ne fait pas froid – il ne fait plus jamais vraiment froid désormais on le sait – et trois gouttes de pluie embuent mes lunettes nettoyées à la va-vite afin de regarder cette basket surnager tranquillement. Mais où donc est passée l'autre chaussure pour faire la paire ? Les corbeaux et moi on est dubitatifs. Ni eux ni moi n'avons d'explication. Une basket rouge navigue.

Je vois mal car c'est un peu loin mais c'est le genre de chaussures composées de mailles ultra flexibles. Un modèle doté d'une base stable et respirante avec un design des semelles assurant une légèreté et un confort optimal pendant les exercices physiques à la maison, les cours de fitness ou autres entraînements en salle avec abonnement, c'est ce genre de basket si vous voulez mon avis. De fille peut-être.

Je vois des feuilles de saule quitter leur branche avec une élégance décontractée. Un tel spectacle nécessite toute mon attention, toute mon écoute et plus que ça suscite une sorte de ferveur spirituelle. Pour saisir la portée métaphysique de ce bord de rivière ce n'est pas compliqué : il faut être aussi concentré que lorsqu'on achète un smartphone.

Toujours présent dans ma tête depuis une bonne semaine, la même chose. Cet ami qui m'a confié avoir installé une caravane au plus profond de la forêt. Pour y vivre caché. Seul. Exister loin des bruits incessants de moteurs. Dans l'inactivité sainte. Faire partie des mouvements du ciel et du remuement des bêtes. La forêt est un lieu dramatique et c'est ce qu'il me faut, il a dit. Je ne veux pas me détendre ni être dans la distraction. Je ne veux pas d'un parc de loisirs permanent. Là-bas je serai loin de tout ça loin de cette folie, je ne regarderai pas des images sur des écrans constamment. Bien *voir ce qui est* sera ma priorité.

Vraiment être présent. Les bêtes, être comme l'une d'elles, c'est ce que je désire, il m'a confié. L'extravagante pluralité des créatures tant qu'il en reste, je veux la voir. Il faut se dépêcher. Et le besoin de nuit, d'expérience de vraie obscurité. La pollution lumineuse et le bruit des moteurs sont des fléaux. J'aime qu'il ne se passe rien. Rien. La nuit blanchie de pluie par une lune prodigieusement tremblante conquiert toute mon attention. Une vie avec un début et une fin. Et quoi entre les deux ? Que veux-tu qu'il se produise entre les deux ? Nous sommes de toute évidence les petites créatures de cet entre-deux. Est-ce que tu as déjà regardé le ciel une nuit sans te dépêcher (de rentrer ou de sortir ou de dormir) ? En prenant le temps, sans être entre deux portes, entre deux villes, entre ce qu'il a fallu faire et ce qu'il faudra faire ? Je dois – enfin – me poser les vraies questions : l'immortalité est-elle immortelle ? la démocratie est-elle démocratique ? le temps est-il temporel ? et surtout l'amour est-il amoureux ?

Pour ma part, cette période de ma vie – le présent – n'est pas ma préférée. Je n'ai d'élément de comparaison qu'avec le passé. Et celui-ci, à la différence du futur, a le mérite d'exister avec quelques beaux instants. C'est une banalité de le dire mais c'est pourquoi le passé est si puissant : il raconte une histoire que nous connaissons, on se sent en territoire familier, on se repasse le film.

Quelques beaux instants que l'on peut compter sur les doigts de la main mais ils sont bien présents et demeureront à jamais, lucioles dans ma nuit. Ces dix petites semaines d'amour par exemple. Soixante-et-onze jours, à peu près la durée de la Commune de Paris. Une insurrection amoureuse.

Puis il est parti. Car il avait choisi de travailler en Formule C, profitant des opportunités offertes par les nouvelles lois Travail. Il a été transféré en région lyonnaise, usine dédiée à la téléphonie. J'ai reçu un message expliquant que son univers désormais serait celui constitué d'une vingtaine de rangées de machines d'assemblages électroniques placées les unes derrière les autres, tout en longueur et dans lesquelles une petite carte-mère allait, d'un ajout de plastique à l'autre, lentement se transformer en un smartphone soigneusement emballé dans son packaging séduisant. Puis on s'est perdu de vue.

Soixante-et-onze jours qui m'habiteront pour toujours. Au fond l'amour, c'est surtout un Netflix perso que l'on se repasse en boucle dans sa tête durant l'insomnie, pendant les transports en commun, lors des dîners où l'on n'est pas vraiment avec les autres et jusque dans la contemplation pas si concentrée que ça des feuilles de saule chutant vers la rivière où surnage une énigmatique basket rouge. La preuve. C'est quand même étrange cette chaussure emportée par le courant.

Mais je pense à présent avoir fait le bon choix. De là où je suis, sur cette petite plage caillouteuse offerte par la Loue, j'aperçois le pont et entend la circulation incessante. Les moteurs une fois de plus. Le panneau publicitaire, impossible de le lire d'ici mais je sais qu'il annonce *Grande Foire au carrelage. Un mètre carré acheté un mètre carré offert.* Je viens ici parce que c'est beau, surtout aux heures matinales et tardives, vides de gens. Je viens pour faire mes adieux à la rivière.

Bientôt je n'aurai plus le droit de venir. Mais j'ai de la chance, je resterai dans le coin. C'est pas comme ma sœur. Son transfert pour le travail est prévu. Elle part pour Paris où elle sera au service d'un homme politique puissant de la région Île-de-France. Avec un peu plus de 10 000 agents, 209 élus et un budget de 5 milliards d'euros, la Région Île-de-France agit dans la plupart des domaines qui concernent l'action des 12 millions de Franciliens : les transports, les lycées, l'apprentissage, le développement économique, l'environnement.

Le gouvernement a annoncé les nouvelles lois qui seront en vigueur le premier du mois prochain. La période d'essai de ces lois (qui aura vu mon amoureux partir dans ce contexte) est achevée et jugée satisfaisante donc feu vert pour étendre ces lois à l'ensemble de la population (sauf quelques catégories professionnelles comme la fonction politique élective et non élective, les forces de l'ordre et la magistrature). Gros changement.

La plus spectaculaire de ces lois démocratiques est l'établissement de l'esclavage sur la base du volontariat.

Formule A : pour 3 ans /
Formule B : pour 5 ans /
Formule C : pour 10 ans /
Formule D : pour 20 ans /
Formule D+ premium : à vie /

Le propriétaire de chaque esclave aura l'obligation de nourrir, loger, blanchir, soigner, éduquer ce dernier. Chaque direction départementale de l'esclavage (DDE) veillera au respect de ces obligations. Le propriétaire aura la plénitude des droits policiers, judiciaires, sociaux, sexuels, économiques et commerciaux, sanitaires et de formation professionnelle sur sa propriété humaine (dispositif PDD+ plénitude des droits). Il faudra s'y habituer. Mais après tout pourquoi pas ?

Toute personne sous Formule D et D+ premium sera euthanasiée entre 60 et 65 ans (selon le choix de son propriétaire) dans le cadre de la loi (ouvrant droit à dédommagement pour le propriétaire) BK909-D de régulation démographique. Ce sera bon pour la planète, qu'ils disent.

Alors ok
Si c'est
Bon pour
La planète

Une autre loi votée par les élus prévoit :
   a) la semaine de 60 heures pour le salarié et l'indépendant libre /
   b) de 55 heures pour l'esclave en Formule A, B, C /
   c) de 45 heures pour l'esclave en Formule D et D+ premium /

C'est rudement avantageux d'être esclave en formule à vie. Surtout en D et D+ premium.

Seront réputés propriétaires les particuliers, les administrations municipales, locales, nationales et internationales, les sociétés et multinationales. Revu et corrigé par la loi BK909-D, le droit de la propriété privée s'applique communément au statut d'esclave [1]. Obtenir le statut d'esclave est donc un bon plan, on bénéficie d'une durée hebdomadaire obligatoire de travail moindre que celle d'une personne libre et on ne se soucie plus de rien. Le loyer et les charges ? réglé. L'intendance et les courses ? réglé. La santé, les études et la formation, les finances, l'achat d'un nouveau smartphone ? réglé de chez réglé. Cerise sur le gâteau : vous bénéficiez d'avantages dédiés, codes promos, bons d'achats téléphonie et boutiques du net, bons plans. On raconte que certains propriétaires vont octroyer un peu d'argent de poche aux esclaves motivés.

Et au revoir les multiples démarches administratives. C'est vraiment un gros progrès.

Votre propriétaire n'aura qu'à se connecter pour profiter de la dématérialisation 100% des démarches administratives. Il suffira d'avoir un code d'accès prépayé, un mot de passe, des titres de propriété en règle. Tout a été pensé afin de fluidifier la démarche du propriétaire. Le nouveau et astucieux dispositif récupère par exemple automatiquement et en permanence les informations relatives à une personne depuis son numéro de dossier Police/Sécurité qui facilite l'échange de données entre administrations, permet de ne pas demander à un usager une pièce justificative qui lui a déjà été demandée par une autre administration. Un tableau de bord permet de centraliser heure par heure toutes les données informatives et circonstancielles sur chaque citoyen-esclave. De manière à établir en particulier son prix de revente au jour le jour (la valeur de l'esclave est indexée sur son état de santé physique et psychologique, ses performances productives et son ID - indice de docilité -, son potentiel capacitif à la réadaptation si revente). Oui avec la dématérialisation des démarches administratives, ce sera beaucoup plus simple et plus humain.

Trop galère de nos jours d'être salarié, de payer le loyer et tout ce qui s'en suit, j'ai signé un contrat d'esclavage pour 3 ans. Si tout se passe bien, je signerai ensuite un contrat pour 5 ou 10 ans. L'an dernier je n'ai pas pu racheter une machine à laver le linge. Après j'ai dû revendre mon véhicule et les loyers augmentant sans cesse considérablement j'ai dû me résoudre à habiter le garage de ma tante Marcelle (merci elle). Devenir esclave est donc une belle opportunité pour me sentir plus libre. Que des avantages. The soluce.

Par exemple si une caméra de surveillance ou un drone de sécurisation filme un esclave en RDC (rupture de cadence, pause de plus de 35 secondes) la police le rappellera à l'ordre. Le salarié, lui, encourra, après un avertissement au tribunal de police et si récidive, le placement correctionnel en Formule D ou D+ premium et sera sûrement roué de coups tandis que les frais d'intervention de la patrouille diligentée sur place lui seront facturés.

Mon tout prochain propriétaire sera la mairie de la ville voisine. Nous serons 22 esclaves pour commencer (16 femmes et 6 hommes) au service de nos concitoyens, c'est une belle mission d'utilité publique. Devenir librement esclave est un progrès démocratique indéniable comme l'a rappelé mon nouveau propriétaire, le maire, lors de la signature publique (avec un convivial cocktail offert ensuite).

Alors ok
Si c'est
Bon pour
La société

Si cette perspective d'avenir vous tente mais que les démarches administratives vous rebutent, solution : vous inscrire chez un courtier en vente d'esclaves (mais attention : ne choisir que les courtiers homologués par le gouvernement et par la chambre de commerce régionale de Bourgogne-Franche-Comté – comme moi – ou de votre lieu de résidence), il se chargera de vous dénicher le meilleur propriétaire que possible. Le bruit court que dans quelques années tous les salariés mensualisés à moins de 3000,00 € basculeront automatiquement vers le statut d'esclave alors autant prendre les devants sinon, plus tard, les meilleures places seront prises.

Il faut savoir anticiper dans la vie. Se prendre en mains.

Aujourd'hui je profite de mon dernier jour de liberté. J'ai choisi de pique-niquer au bord de la rivière. J'aurais bien aimé aller visiter le fameux site à pistes de dinosaures à Loulle près de Champagnole mais c'est un peu loin. J'ai lu dernièrement dans la presse : Il y a 155 millions d'années, des dinosaures ont marché à plusieurs reprises sur le sol meuble d'un rivage qui est devenu le plancher de la carrière de Loulle. Ils ont laissé quinze cents empreintes figées dans cette boue, devenue calcaire, et miraculeusement conservées. Une équipe de paléontologues a étudié ces pistes de dinosaures, dont certaines longues de plusieurs dizaines de mètres. Ce site très fragile est unique. Depuis 2014, le site est à la fois partiellement protégé et aménagé pour le public. Les visiteurs peuvent emprunter une passerelle et prendre de la hauteur pour mieux observer le sol sur lequel les dinosaures ont marché et les pistes qu'ils ont laissées en bordure des mers chaudes du Jurassique. Des panneaux didactiques, en français et anglais, expliquent ce site remarquable aux visiteurs, petits et grands. Ça m'aurait détendu avant mon premier jour comme esclave. Mais bon.

La commune de Loulle, propriétaire du site, décline toute responsabilité en cas d'accident. La sauvegarde du site est placée sous la responsabilité de chacun de ses visiteurs. La visite doit se faire dans le respect de ce site unique, extrêmement fragile. Il est strictement interdit de sortir du cheminement et de marcher dans les empreintes de dinosaures. Plus d'infos sur le site www.lejurassique.com (copyright texte : CMB/CD39).

Peut-être que mon propriétaire organisera des visites sur le site pour ses esclaves ? Ce serait trop bien. Mais mieux vaut ne pas se faire d'illusion, un esclave est là pour travailler, point barre. Alors les dinosaures ce sera une petite luciole dans ma nuit c'est tout. On ne peut pas tout avoir. On est déjà super gâté. L'asservissement a aussi ses contingences c'est normal. Il n'y a pas que les droits dans la vie sociale, pensons aussi aux devoirs.

Mon but à court terme c'est : me nourrir me loger me distraire. Ensuite lorsque je découvrirai au fil des mois cette Formule A, comme le dit la publicité, ce sera *La + grande aventure de votre vie*™. J'ai hâte d'être à demain pour m'investir dans mon *esclavageat*. C'est comme ça qu'on dit, il paraît.

Alors ok
Si c'est
Bon pour
La démocratie

Un jour dans une belle propriété quelqu'un a dit regardez tout est marchandise c'est merveilleux. L'air l'eau le soleil la mer la forêt les animaux alors pourquoi pas nous les humains ? Vous imaginez les vastes nouvelles perspectives commerciales avec l'instauration de l'esclavage ? un authentique et durable gisement d'affaires. Et tout a dû démarrer ainsi : élargir l'horizon commercial de l'humanité.

J'ai un couple d'amis qui a signé en Formule C. Lui, son propriétaire sera l'hypermarché voisin, elle sa propriétaire sera la députée-maire élue à vie et vice-présidente de région de la 8e circonscription du département. Les enfants de mes amis ont été confiés à l'État et devront, selon la loi concernant les enfants de citoyen-esclave, choisir obligatoirement une Formule pour leur 16 ans.

Moi j'ai 29 ans et toute une vie d'esclave devant moi. Combien de temps vivaient les dinosaures je me demande ? Plus de 29 ans vous croyez ? C'est vraiment ma passion depuis toujours les tyrannosaures, raptors, sauropodes et autres titanosaures. Réponse (je suis incollable) : de 5 à 6 ans pour les dinosaures d'une taille inférieure à 1 m de haut et plus de 70 ans pour les plus imposants ais-je lu dernièrement dans un magazine chez le dentiste (car pour pouvoir devenir esclave la loi oblige à un check-up rigoureux aux frais du postulant). Pour évaluer cette espérance de vie, les chercheurs ont comparé des coupes osseuses de fossiles à celles de reptiles et de mammifères actuels proches. Jusqu'à ce jour, les scientifiques ont identifié des milliers d'espèces différentes de dinosaures qui peuvent approximativement être regroupés sous 15 grandes familles – variant des ankylosaures (dinosaures blindés) aux cératopsiens (dinosaures à cornes et collerette) aux ornithomimidés (dinosaures qui imitent les oiseaux). Mon rêve des rêves aurait été de décrocher un poste d'esclave-guide au grand site à pistes de dinosaures de Loulle. La classe totale.

Ma vie était trop compliquée. Soudain elle va être beaucoup plus simple. *Vieillir c'est simplifier* comme le dit avec justesse la publicité. Demain je serai enfin officiellement esclave, je porterai avec fierté la tenue de travail jaune vif, semblable à tous les travailleurs sous statut à Formules. De la sorte on nous reconnaît dans la rue. La loi prévoit que l'on baisse les yeux lorsqu'on croise un propriétaire, un policier, un magistrat ou un politique. Pas de problème, à mon âge on apprend encore vite et j'ai toujours été bon élève. Bienveillance et motivation. Si j'étais un dinosaure, ce serait de préférence un petit herbivore sympa ☺

Le tabac l'alcool et les repas de fête sont prohibés lorsque vous êtes statutairement esclave. C'est bien car je commençais à fumer un peu trop. Mon propriétaire prendra soin de ma santé mieux que je ne le faisais. Les théâtres, cinémas, bibliothèques et librairies, stades et lieux d'événementiels culturels nous sont également interdits, ce n'est pas plus mal car il est recommandé d'avoir un bon sommeil pour être efficace au travail. Autant jouer le jeu de l'esclavageat correctement et sincèrement non ?

Tout est merveilleusement pensé, quelle bonne idée que de s'en remettre à des gens intelligents modelant ce monde de progrès. Eux, ils savent. Ils créent l'excellence. Merci !

Alors ok
Si c'est
Bon pour
L'économie

J'aime les corbeaux. On dirait qu'ils me parlent. Ont-ils des esclaves parmi eux ?

Demain

C'est

Le

Grand

Jour

Je

Rentre

Dans

La

Grande

Famille

Démocratique

De

L'esclavageat

Pour la basket rouge fluo descendant la rivière, je n'aurai pas d'explication. Mystère. L'esclave ne reçoit de toute manière aucune information ni locale ni nationale ni internationale c'est interdit par la loi. Il faut le préserver des inquiétudes et de l'agitation perturbatrice. Le travail d'abord. La *mission*, c'est le nouveau mot pour désigner le travail. L'esclave a cependant droit une fois par semaine aux jeux télévisés et aux émissions de divertissement spécialement préparées pour lui par de grandes chaînes TV invitant des peoples de bonne humeur. C'est joyeusement festif. La basket s'éloigne. C'est triste, en amont, là où la rivière présente un courant tourbillonnant, quelqu'un s'est peut-être jeté inexplicablement à l'eau allez savoir.

(*En marche*, 2021. Nouvelle publiée sous le titre *Grand site à pistes de dinosaures* in *Sapin président*, Hispaniola Littératures/BoD, 2021).

(1) Le droit de propriété est l'ensemble des règles relatives à l'usage des biens et des patrimoines. Il confère à leurs propriétaires le droit d'usage, de jouissance et de disposition. Il concerne tout aussi bien les propriétés publiques que les propriétés privées. A/ Le droit à la propriété privée est consacré dans plusieurs articles et lois. Dans son article 544, le Code civil français précise que le propriétaire a un droit d'usage, de jouissance et de disposition sur sa propriété. Il peut donc l'exploiter librement, sans aucune contrainte. B/ L'article 17 de la Déclaration des droits de l'homme et du citoyen (CCDH) prévoit l'inviolabilité de la propriété privée. Avec confirmation par l'article 8 de la Convention européenne des Droits de l'Homme. Le propriétaire public ou privé de l'esclave a tout droit d'usage, de jouissance et de disposition sur sa propriété. L'inviolabilité de la propriété privée participe à la sécurité et l'ordre public. Il s'agit d'un principe démocratique sacré et fondamental. C/ La violation de ces droits est passible de sanctions. Le propriétaire victime peut saisir la justice et demander une réparation sur le préjudice subi. Si sa cause est entendue, il pourra bénéficier des dommages-intérêts, ainsi que des indemnités moratoires basées sur le prix (après estimation par un service compétent et économico-psycho--sanitaire de la valeur du bien) de l'esclave.

Avec le soutien de Rose Evans, Olivier Millet (*Hispaniola Littératures*) / Ludmilla de Monfreid et Zoé Agbodrafo (*Totemik CrowFox*) / **Merci** à Karl Bilke, Pascal Parmentier, Myriam Guillaume, Laurent Battistini, Fabrice Gallimardet, Louis Vellardi, ; Marie Doré, Julia Woolf et Sébastien Breton (*Lapin à Métaux*) ; Astrid Laramie, Olivier Bastille de Gouges et Paul Astapovo (*Fondation Carlota Moonchou*) ; Bob Collodi et Maria Quiroga *(Académie royale des littératures Orélides)* / **En marche** / Éditrice : Rose Evans / Illustrations de couverture : Laurent Battistini / Mise en pages : Anastasia Tourgueniev et Zoé Agbodrafo (avec Béthanie Rib) / Dépôt légal mai 2021 / ISBN 978-2-3222-5129-2 / Imprimé en Allemagne / www bod.fr / www. aubert2molay.vpweb.fr / © Ph.A2M, 2021 © Hispaniola Littératures, 2021 /

www. aubert2molay.vpweb.fr

du même auteur chez Hispaniola Littératures,
disponible en librairie et sur le site BoD

Collection L'Inimaginée
(Littérature de l'imaginaire)
- PETIT TRAITE DE SORCELLERIE ET D'ECOLOGIE RADICALE DE COMBAT
- DOULEUR FANTÔME

Collection L'imaginable
(Littérature blanche)
- SAPIN PRESIDENT

Collection 1 nouvelle
- TOUTE PETITE FILLE DES DRAGONS
- SUPERETTE
- LA HAUTEUR
- LA MORT DE GREG NEWMAN
- DIX ANS AVANT LA NUIT
- SELON LA LEGENDE
- S'ENFERMER DANS UNE CABANE ET ECRIRE
- EN MARCHE
- LECON DE TENEBRES
- L'HIVER 1877 DE MISS EMILY DICKINSON
- LA ROUSSEUR DU RENARD
- TECHNIQUES DE VOL HUMAIN EN CIEL NOCTURNE
- LA FEE DES GRENIERS
- ROUTE DU GRAND CONTOUR
- LE DOCUMENT BK 31
- FANTÔMES D'ASTREINTE
- BRODERIES ET TRAVAUX D'AIGUILLES
- LA REPUBLIQUE ABSOLUE
- LA BONNE LONGUEUR DE MECHE
- INTERNITE
- KANSAS ET ARKANSAS

Collection 1 nouvelle